KB145693

꿈꾸는 별

강자앤 시집

시인의 말

시를 쓴다는 것조차 까맣게 잊고 살아온 삶이었습니다.
그런데 어느 순간부터 넉넉한 삶과 상관없이 채워도 채워지지 않는 허전함과 마음의 허기가 느껴지고 갈증이 생겼습니다. 무엇인가 내 속에서 꿈틀거리며 소용돌이치기 시작했고 펜을 들어 그 울림을 써 내려갔습니다.

글을 쓰면서 내 안에 숨어 있는 갈망이 무엇인지 알게 되었고, 채워지지 않던 그 마음도 행복으로 채워지기 시작했습니다. 더욱 보람되고 행복한 것은 내가 쓴 글을 보면서 나 자신은 물론 다른 누군가에게 쉼이 되고, 위로를 주며 힘이 되어 줄 수 있다는 것입니다.

시를 쓰면서 많은 어려움과 힘든 일도 있었지만, 첫 시집 '꿈꾸는 별' 출간을 앞두고 만감이 교차합니다. 소녀가 꿈을 꾸는 듯 설레면서 한편으로는 두렵고 떨리는 마음으로 독자의 반응이 어떨지 궁금함과 기대감이 듭니다.

2020년 첫 시집 '꿈꾸는 별' 출간을 기점으로 앞으로 더욱더 노력하여 좋은 글로 보답할 수 있는 글쟁이가 되도록 약속하면서, 시집이 나오기까지 많은 도움을 주신 시음사 출판사에 감사한 마음 전합니다. 대한문인협회와 더불어 시음사 출판사가 무궁무진한 발전이 있기를 바랍니다.

시인 강자앤

♣ 목차

♣ 목차

QR 코드 스마트폰으로 QR 코드를 스캔하면 시낭송을 감상할 수 있습니다.

제목 : 5월의 향기
시낭송 : 박영애

제목 : 석류알 터지는 날
시낭송 : 정연희

♣ 목차

제목 : 나만의 색깔
시낭송 : 정연희

제목 : 사랑을 다시 시작합니다
시낭송 : 정연희

고향의 푸른 잔디

가끔
옛 기억을 더듬어
나의 고향을 떠올려 본다

푸르른 산과 들
온 지천이 진초록으로 물들어
그대로 남아 있을 것이다

옛 흔적의 숨결
때로는 달빛과 별빛도 쉬어가는
그 길목 소박한 돌담길

세월이 흘러간 흔적은
추억으로 고스란히 남아
가끔
고향의 푸른 잔디를 불러본다

아직도 고향은
온 누리에 묻어 있는 소박한 사랑

오늘의 산천은 새벽을 열 것이며
긴긴날 살다간 그분들은 한 줌의 흙으로
남은 이는 아직도
사랑의 인사 오가며 나눌 것이다.

우리는 하나다

거센 비바람이 부는 산과 들에는
꽃이 피고 진다

하늘의 뜻과 자연
그리고
우리는 하나가 되는 듯하다

힘든 일과 어려운 일을 헤쳐나가듯
초도 속에서도 풀은 죽고 살고
생존 경쟁을 위한 가쁜 숨을 내쉬며
아등바등 애를 쓴다

비 오는 오늘 밤 적적하고 외로워도
언제 그랬냐 능청스럽게 탈바꿈한다

내일의 태양이 떠오르듯이
또 다른 세상으로 돌변해 버린다

오!
우리들의 꿈을 보고 희망을 바라보자
삶 속에 사랑이여 우리는 하나다.

침묵

하나님은 이처럼 나를 사랑하사
나의 소망을 품고 들어 주셨다

나의 삶 속에 언제나 동행하면
내 사랑으로 찾아오셨다

우리와 자연이 함께 호흡하면
서로를 통하여 사랑을 나눔 하듯이
산에 오르면 나무가 바위를 만나고
강가에 가면 물 따라 흐르는 마음
바닷가에 앉아서 먼 수평선을 바라본다

하늘이 주신 한없는 은혜가 너무 많아
하늘의 뜻과 나의 소망 품는 마음으로
동행의 기쁨을 느끼련다.

어쩌면

어쩌면
별들이 너의 슬픔을
데려갈 것이다

어쩌면
꽃들이 아름다움으로
너의 가슴을 채움 할지 모른다

어쩌면
희망과 꿈이
너의 눈물을 닦아 줄 것이다

그리고 무엇보다
침묵이 너를 강하게 만들 것이며
인내의 한계를 시험할지 모른다.

마가렛꽃

커피 한잔으로 시작되는 나의 일상
오늘 소중한 날
당신을 만나러 갑니다

진실한 당신의 사랑에는
외모를 보지 않아
너무나 사랑스럽습니다

나의 하얀 피부
쌩얼로 모자 하나 눌러쓰고 있으면
충분히 아름답습니다

마가렛이여!
당신을 사랑한 이유 중에는
아득한 꿈처럼
느낌을 받는다는 사실입니다

인생의 깊은 샘에서 흘러나오는
당신의 입맞춤

활짝 핀 꽃은
여러 모양의 사랑으로 다가와
어둠 밤이 되면
당신을 향한 세레나데로 부릅니다

마가렛트 사랑이여!

오아시스

인생은

쉼 없이 흘러가는 강물

순수하게 살아가기도 쉽지 않지만

그럴 수 없다면

그리 길지 않은 평생을

온전히 살다 가라는 뜻이겠지요

그대를 생각할 때마다 솟아나는 기쁨

삶에 지칠 때 찾아오는 사막의 오아시스처럼

창문을 통해 호흡하고

임을 통해 세상을 보며

그대를 사랑함으로 눈물을 알고

기다림을 배웁니다

당신이 부를 때마다

나는 한 마리 새가 되어

산 넘고 강 건너 당신에게로 갑니다.

기다려보네 사랑이여

바람 불어 나부끼던 꽃
곱고 고와도
너는 끝내 세월을 감당치 못하고
어디서 왔는지 흔적마저 없어지고 말더라

크고 작은 나무는
색동 입혀 잎마저 보내고 나니
너무 안쓰럽더라

불타는 마지막 잎 새 위에 써보는 사연
구름처럼 남으니 허공의 그림자
가슴 응어리 바윗덩어리처럼 굳어
서너 달 잠 들어 기다리노라면
해마다 연두색 소식 전해 오더라

아! 보드랍고 따스한
봄이여 꽃이여!

아름다운 금잔화

푸른 잔디 공원길
고운 임 기다리다가
주황빛 금잔화 피었네

자나 깨나 오랜 날을
손잡고 다소곳이 살고파서
바라봄만으로도 즐겁네

깊은 호수 뭉게구름처럼 안긴 채
부드럽고 간절함은
임을 향한
노랗고 붉은 한결같은 그리움

보고 싶은 맘
동그랗게 피었구나
슬픈 이별도 고요히 인내하네

금잔화 예쁜 마음 꽃
님이 오라시는 그곳은
참으로 아름다운 꽃동산이네.

새로운 사랑

산새 좋은 숲길 따라
나 혼자만의 시간으로
사색에 잠겨 본다

자연의 조화를 이루고
새들의 합창으로
한 멜로디를 연상케 한다

모든 잡념은 내게서 멀어졌으니
나만의 자유를 누리며
행복 채움 하기 좋은 날

나를 사랑하고 사람을 좋아하며
영혼 속의 순수를 내려놓고 싶어진다

사랑하기 좋은 날

아름다운 한 송이 꽃이 되고 싶었고
따스한 미소를 건네면
새로운 마음으로 다시 태어나
사랑 주고 사랑받는 아름다운 여자로
색다른 경험을 해 보련다.

바람 불고 비 오는 날

바람아 불어라 세차게 불어라
너희들은 이날이 춤추고
사랑 나눔 하는 날

그런데
내 마음 허공 속에 헤매는듯하도다

한 곳을 주시하며 멍하니 서 있는
나의 마음을 아는지 모르는지
자연은 춤추며 서로를 향해 터치하며
사랑 나눔 하며 인사하기 바쁘다

너는 어디로
나는 어디로 가는가

너와 나의 갈 길은 달라도
입맞춤에 작은 미소하나 그대에게 띄우면
어느새 내 사랑
저 멀리 먼 곳에 있는 그대를 향해
가고 있다는 것을

바람 불고 비 오는 날
내 사랑받으려나 모르겠다.

5월의 향기

어느새
5월의 문턱에 접어들었다

우리들의 마음에는
새로운 행복으로 다가와
움트며 자리 잡을 것이다

아름다운 장미
아카시아 꽃향기는
여기저기서 향기를 품을 것이며
마음에는 행복과 기쁨으로 채움 한다

삶 속에
또 다른 날을 준비나 하듯이

밤이 되면
구름과 달 별도 쉬지 않고
나눔의 사랑으로 우리 곁을 지켜 주는
소망의 빛 속에 감사하며

이 모든 아름다운 모습 가슴에 품고
오월의 향기를 나눈다.

제목 : 5월의 향기
시낭송 : 박영애
스마트폰으로 QR 코드를 스캔하면
시낭송을 감상할 수 있습니다.

바이올린

우리 애기
귀염에 사랑스럽기도 하지

하늘에서 천사님이 보내셨나
이리 보고 저리 봐도
어화둥둥 내 사랑이로다

영롱한 눈빛
눈웃음
미소에 다들 넘어가겠네

제 키보다 바이올린이 크든 작든
문제는 되지 않으리

어린이집 옷 하얀 와이셔츠
두 손 가지런히 모으니
황실에 사는 애기 부럽지 않네

바이올린 막대기
바로나 거꾸로 관계없이
우리 애기 연주는 으뜸이다

엄마, 아빠
할머님 손뼉 맞추니
우리 애기는 재롱에 신이나
무대가 좁네.

사랑을 꿈꾸다

어느 날 문득
낯익은 이가 내 눈에 들어옵니다

나의 입가에
어느새 미소가 번집니다

누군가를 좋아한다는 이유 하나만으로
기쁩니다

순간의 감정 이입에서
설렘으로 다가오는 느낌입니다

가끔 보고파 떠오르는 날이면
낮에는 꽃과 초록 잎사귀에 눈인사 나누고
밤이 되면 별과 달을 보며 사랑을 부릅니다

외모는 아름답지 않지만
마음은 아름다운 꽃이요 사랑입니다

나의 소망 기쁨 되어
사랑스러운 여자로 남고 싶습니다.

당신의 마음 1

바람결에 온 당신이 사랑이었나
이별이었나 아직 난 모릅니다

한 마리의 새가
철 따라서 왔다가 떠나가는 장소인 것처럼
당신의 마음과 생각도 모르겠습니다

내가 알고 있는 거라곤
둥근 얼굴에 이목구비가 뚜렷한 것밖에
그려지지 않습니다

하지만
무언가 모를 여운이
내 가슴을 꿈틀거리게 합니다.

빗속의 리듬

너
빗속의 리듬 타고
너만을 위한 춤을 추고

나
대지 위에 입맞춤으로
노래 부르며 춤추리라

농부들이
애타하는 한 마음 되어
주저하는 마음 없으리라

하늘의 뜻과 소망을
나눔 하듯이....

희망

새로운 태양이 뜨고
산 능선 지는 해에 미소를 띠면
여유로움이 있다는 것입니다

우리의 삶은 희망이 있고
빛의 소망이 됩니다

지나가는 애기들의
웃음소리에 귀 기울이며
가슴속에 사랑이 있습니다

가끔씩 혼자만이 운치를 느끼거나
음악 속에 명상할 수 있는 시간과
장소를 기대하며
마음속에 풍성한 사랑을 간직하고 있습니다

우연으로 이루어진 만남 속에
좋은 말이나 미소를 건네면
행복과 사랑은 따라다닐 것입니다.

마음속의 여백

마음속에 여백
좋은 것으로 채움 하련다

꽃이 바람에 날리면 꽃길이고
마음속에 기쁨이면
사랑 노래 되어간다

오가는 길가에
햇살도 내려앉아 속삭인다

생의 한 가운데
나의 마음속에 아름다운 꿈 하나를 보듯이
이보다 더 큰 사랑과 행복은
나의 것이로다

이미 너의 내면에 품고 있으니까
마음에서 평화를 얻는다.

진달래꽃

봄이 좋아라
꽃이 좋아라

온 산에 핑크색으로 물들여 놓고
이곳저곳에서 눈을 즐겁게 해주는
아름다운 옛 추억의 꽃이여

꽃피는 삼월
꿈 트는 삼월에
우리 모두 정겨운 사랑이 시작됩니다

진달래꽃 아름 들이
사랑하는 당신 앞에 내려놓으며
깊은 정 꽃물 들여 사랑 나누며
꽃잎 하나둘씩 따
당신의 마음 밭에 심어 놓습니다

오!
기다려 온 사랑 그리움이었어라
또한
봄에 만나야 할 이유입니다.

꽃 속의 나

따뜻한 봄나들이
길 따라
나의 마음도 설렘입니다

이곳저곳 바람 속에
휘날리는 꽃송이는
나를 유혹합니다

눈 꽃송이
초속 오센치 느린 봄바람에도
눈처럼 벚꽃 날리는데
나의 머리 어깨 위에도
꽃송이를 만나
꽃 속에 내가 있습니다

꽃향기에 온몸을 맡기면
아름답고 상냥한 마음의 기쁨 되어
나의 길벗에서
사랑 노래가 되고 말았습니다.

내 마음의 노래

나를 보며 즐긴다
호탕한 웃음 속에

활발한 사연들
향긋한 향기로 풀어 놓고

웃음으로 물결치는
마음의 끝자락

따뜻한 사연 속에
여운을 남기면서

서로의 가슴을 풀어 안는
푸른 사랑의 노래여

내 마음의 속에
기쁨이 샘솟는다.

삶이 그러하듯이

포근한 봄 향기를 따라
혼자만의 시간이 필요로 하다

내 안의 자아를 찾아 나서며
성찰로 비워 보고 내려 놓아보면서
깨우침으로 되돌아보는 계기가 된다

그동안 살아오면서
타인을 위해 어떤 일, 어떤 계기로
상대를 위해 밝게 빛나게 했는지
아니면 나쁜 감정으로 불쾌감을 주었는지 아닌지
생각해 볼 기회가 되어 마음의 짐을
내려놓는 듯하다

내 삶이 그러하듯이
좋은 사람과 한 곳을 바라보며 살아간다는 것은
행복한 일이긴 하지만
생각의 차이로 헤어짐이 따르기도 한다

삶이 그러하듯이
이런저런 생각으로
어느새 떨어진 꽃길을 걸어 보노라면
다가오는 행복은 나의 것이 된다

우리가 살아가면서
그 누구도 다른 사람의 인생을
판단할 수 없다

삶이 그러하듯이
내가 최선을 다하면
그게 최고이고 보람이며 행복이다.

아름다운 이별

삶이라는 울타리 속에
우리의 만남은 이루어집니다

일상 속에 인생 수업은 계속되며
체험하며 느낍니다

아름다운 미소를 통한 만남이 있으면
사소한 감정으로 헤어짐도 일어납니다

봄의 전령사 속에 아름다움을 승화시키며
예의 속에 웃음 들려준 그 이야기
민들레 홀씨처럼 날아가고 보내 버린 사랑

이젠, 안녕이라 전하렵니다
그런데 아직 서툰 인사인지 가끔 꿈을 꿉니다
나의 가슴속에 미소를 깃들게 하는
그런 꿈들을 말입니다

봄이여!
이별이여!
감사를 전하며 축복합니다.

희망의 메시지

매 순간 우리는 목적을 얻기 위함으로
생활 터전에서 열심히 일하게 된다

깊이 후회하는 일 따르지만
그로 인해 새롭게 태어나는 일 역시나
기쁨으로 충만하다

가끔은 어둡고
적적한 날도 없지 않아 있다

살고자 하는 굳은 의지 앞에
희망의 끈을 놓지 아니하고
새로운 기쁜 마음으로 미래를 바라보며
희망 속에 삶이 보석처럼 빛날 것이다

우리에게는 언제든지
새로운 인생을 다시 시작할 수 있는
기회 역시 주어지니
어둠이 아닌 밝은 빛으로 기다린다.

목련꽃

아름다운 자태
의심도 없이 옷을 벗은 채
하이얀 속살 드러내고
숭고한 정신 끈질긴 생명력
상징의 꽃말로 전해 온다

거제

바람의 언덕
한 바퀴 맴돌고

포근한 백색 순결함으로
소리 없는 울림
목련꽃!

바람의 언덕
바람이 불어도 불지 않아도
풍차는 지금도 돌고 있다.

커피 속의 사랑

한낮에 조용함은
나만이 누릴 수 있는 공간이라
정수기에서 내린 물 한잔
달달한 커피 한잔으로 음미하며
사색에 잠깁니다

어느새 마음은
다른 곳을 향해 조심스레
느낌으로 나아갑니다

당신이 어느새 나의 사랑인 듯
부드러운 입술 사랑의 느낌처럼
무엇을 담기 위함인지 채움인지

커피 향에
내 마음 나도 모르게 담아
사랑으로 가는 길인가 봅니다.

사랑의 힘

오늘은 나의 마음속에
기쁨이 샘솟는 날
봄바람 속에 온 선물이 펼쳐진다

이 세상에 사랑의 힘보다
위대한 것은 없을 것이로다

난 괜찮아 그대가 있으니까
난 기다려 그대가 온전하기를

사랑의 힘을 모두 모아서
건강하게 나누는 삶의 이야기 속으로
들어가 본다

그 안에서 꿈 하나를 보듯이
우리가 살아가면서
언제든지 일어날 수 있는 일상생활 속에서
좋은 선물은 언제든지 돌아온다.

향기 속의 여인

자세를 좀
낮추어 설 뿐이었다

마음을 흔드는 숨결 속에
하루가 요동치며 꿈틀거린다

산과 들에는 청록으로 물들이며
한 뼘 한 뼘 발걸음을 내디딘다

어디엔가 향기에 취해
발걸음을 바라보는
아름다운 여인

나도 몰래
걸음을 멈추며 뒤돌아보니
어느 누구도 아닌
향기의 주인은 나였다.

인생은 드라마

하루의 시작은
한편에 연극 같은 인생입니다

좋은 생각에서
행복과 사랑을 불러일으킵니다

그날 하루의 시나리오 연출, 주인공은
자기 생각과 내면에서 만들어진다고
보면 됩니다

살아가다 보면 좋은 일
나쁜 일 일어날 수 있지만
이해와 양보 앞에서
자신을 더 높은 곳에 올릴 수 있는
계기가 됩니다

자세를 조금만 낮추면
분명히 밝은 빛은 우리 앞에 존재합니다

긍정적인 이면에서는
좋은 드라마가 나올 것이며
매사에 부정적이면
좋은 연극 한 편은 손실되어 잃어버리며
자신의 영혼은
어둠 속에 헤매게 됩니다.

사랑의 색깔

봄바람과 함께
사랑이 다가옵니다

예쁜 꽃의 마음으로
피어날 모양입니다

이미 들어온 사랑은
둥지 속에 새들이 노래하는 것처럼
포근함으로 마음속에 깊이
뿌리를 내리는 사랑입니다

새들은 노래하며
연인들은 제각기 다른 세상 속에
사랑의 빛깔로 다시 태어나며
새로운 기쁨으로 태어납니다.

팽수 장군

도리도리 세 살배기
강유는 우리 집 꼬맹이 장군

고깔모자 삐뚤게 쓰고
태권도 금메달처럼
할비 할미 웃음 속에
입이 귀에 걸린다

꼬막 주먹 쥐고 나는 팽수다
폼 잡고 서서
할비 할미는 문제없다

그래그래
너는 대장 팽수
이리저리
귀염이 사랑으로 피어난다

함박웃음 주는
강유 대장
오늘도 출동 나간다.

마음의 벗

그대는
나의 꿈을 이루게 해 주는 가이드

마음으로 걷는 길 중에서
가장 아름다운 동행인 마음의 벗
상냥한 길벗입니다

오!
사랑스러워라
따뜻한 봄볕을 기다립니다

풀들은
비가 오면 제 빛깔 스스로 깊어져
입안에 가득 물을 물고

사람은 사랑할 때
제 빛깔 스스로 깊어져 가슴 가득
불을 피우며

따뜻한 봄볕과 우리 사랑은
마음의 길벗 하나 되어
나란히 떠나 보렵니다.

어느 가을날

지금도
흐르며 가고 있다

햇빛도 졸고 있는지
가을은 어디로
노오란 은행잎에 적은 추억도 없이
오늘도 바라만 보고 있다

어쩌랴
자취를 감추는 뒷모습만
바라볼 뿐이다

누군가 함께 한다면
마음을 열고 가을을 즐겨 보련만
길가에 휘날리는 낙엽만
바라보고 있을 뿐이다.

사랑의 숨결

사랑
가슴으로 타고 내린
한나절 숨결 소리

희망의 씨 뿌리며
사랑을 노래한다

온 마음에
행복을 적시는 하루다

달달함을 삼키는 이가
나인가 누구인가

우리 모두다.

봄소식

봄소식
사랑이 새싹 돋듯
머릿속에 그려진다

조금씩 익숙해져 가는 그 사랑
하늘에서 내리쬐어 주는
밝은 햇빛처럼 찬란한 빛이
그날이었다

우리들의 사랑에
많은 것을 바라지 아니하며
그저 앞만 보고 나아가는
나를 위하여
너를 위하여
행복의 마음의 문을 활짝 열어 본다.

나의 길

나의 길 앞에 최선을 다해
앞만 바라보며 열심히 살아왔다
그 자부심 하나에 칭찬을 아낌없이 주련다

나도 어쩔 수 없이
마음을 숨길 수 없나보다
여자라서 행복했었다고 말하고 싶다

떨어지는 잎새 하나에도
스쳐 가는 한 줄기 비바람에도
무서움 타는 나의 마음이었기에
살아가는 것과 산다는 것이
외로움과 고독함이 벗이듯 찾아와
힘든 적도 있었다

이제는 저 멀리서
아득한 휘파람 소리가 들려오는 듯
길고 어두운 냉혹한 찬 바람 헤치고
다시 따뜻한 봄바람이 불어오길 소망해 본다

그날이 오면
나의 인생에도 봄날이다!

소나무 숲길

오늘은 운이 좋은 날이야
기분이 좋아

자연과 하나가 되어
온몸을 맡긴다

나뭇잎에서 품어 나오는
산소(Phytoncide)를 맡으며
이 선물로 충분하노라

싱그럽고 따스한 햇볕은
눈이 부시게 나를 감싸 안으며

비발디 사계
봄이 울려 퍼지는 듯 생동감이 넘쳐
파릇파릇 새싹도 움튼다

너의 들은 사랑이야
나는 행복이야

소나무 사잇길 하나 되어
맑은 영혼을 꿈꾸며

아름다운 꽃으로 피어나련다!

석류알 터지는 날

당신은 누구든지
사랑할 수 있으리라

당신은 누구에게든
사랑받을 수 있으리라

소원이 있걸랑
빨갛게 타는 가슴에
미련을 두지 말라

별이 지는 밤
하얀 진주알 하나씩
나누리라

남빛 하늘 속으로
무르익는 가을날
살아 있는 것들을
눈 흠뻑 내리덮어 주시리니
용서하고 사랑하라.

제목 : 석류알 터지는 날
시낭송 : 정연희
스마트폰으로 QR 코드를 스캔하면
시낭송을 감상할 수 있습니다.

꽃반지

그리움에 지쳐서 울고 싶으면
언덕배기 예배당 잔디밭에
행운의 네잎크로바

하얀 꽃반지 나란히 두 개
가느다란 손가락에 끼워 주고
손가락 걸면서 약속했네

넌 남자니까 아빠고
난 여자니까 엄마고

예배당 잔디밭 긴 의자에
노란 은행잎을 위해
아름다운 꽃반지 약속
보석 반지가 서글프네!

창밖의 여자

창밖을 바라보는 너의 눈빛은
먼 길을 향해 찾아 나선다

어디선가 조금씩 들려오는
그 울림의 느낌 따라
사랑에 물들어 간다

그곳이 어디인지 중요하지 않아
그 사랑에 대한 충실함이 전부
임이라!

고독과 그리움 모두 사라지며
마음속에 평안을 얻는다.

봄은 너의 이름

너의 이름은 봄
온 자연이 푸르름이 될 것이다

당당하게 움트고 피어나라

꽃샘추위는 아니야
맹추위로 다가와 심술을
부리고 있다

봄아
너의 들이 인내하는 만큼
더 좋은 세상을 만날 것이다

너와 내가 만나는 날
High Five 인사하는 그날에
우리들의 사랑 이야기는 무르익어 가고
나의 눈이 즐거울 일이다

봄의 이름 앞에
꽃이여! 사랑이어라.

지혜로운 선택

생각 없이 무작정
길을 선택 하지 마세요

돌다리도 한번
두들겨 보고 가야만 하듯이

길이 끝나는 곳에
또 다른 길이 있다고
믿지 마세요

강물도 가뭄이면
흘러가다 멈추고
새들도 올 수 있는 날 없는 날은
분명히 있습니다

자연의 변천사로 내비게이션만 믿고 있으며
길을 잃어 헤맵니다

길이 끝나는 곳에는
끝만 있을 뿐 새로운 길은 안 보입니다

지금 현실에 충실하며
밝고 희망찬 일들이 우리 눈앞에 보이며
빛의 소망이 그려집니다.

봄이 오는 소리

우리는 언제나
사계절에 발맞추며 나아간다

이 속에 마음과 생각도 따라가기 마련이라
유달리 봄이라는 소식을 접하며
마음부터 흔들린다

만물이 싱그럽고 하루가 다르게
새싹과 꽃이 움트는 변천사를 이룬다

봄이 오며 봄바람 났네
새로운 사랑을 체험하듯이

자신에게 숨어 있는
색다른 매력을 발견하다 보며

한층 더 젊음을 유지 할 수 있는
비결이 될 것이로다.

세월

흘러가는
세월이 야속하여라

너는 어디 쉼도 없느냐
노송이나 인간의 늙음이나
다를 게 무엇이랴

하고 싶은 말 많은데
누구를 탓하랴

내 마음에 공허함을
무엇에 비하랴

아무도 모르리
누구도
나의 마음을 모르리라.

사랑의 꽃

꽃이 피고 진들
나에게는 잊혀진 계절

사계절 내내
나의 마음에는 사랑이 움트고
싹이 나

이미 내 마음속에
꽃이 피었습니다.

삼바의 여인

생의 모든 것을 털어내고
푸념 섞인 어리석음 숨어
피어나는 꽃

삼바 춤추는 여인처럼
행여 꿈속이라도 좋으니

마음껏 피어나라
사랑이여!

이별

이놈의 세월
잘도 가고 흘러간다

인연이라 만나면
이별을 예측하듯
그 역시 떠나는 것을

다 떠나라
다 떠나가거라

오려며 오든지 말든지
네 맘대로다.

행복 1

사랑하고 사노라면
사는 이유를 압니다

가르쳐 주고
배우고가 아니라
그냥 알게 됩니다

사는 것과 사랑 하는 것
가는 길이 보입니다

아는 길을 가면
아는 사람을 만나고

사랑을 시작하고
행복합니다.

파라다이스

사랑은 무지개
빛을 띠며
환상적인 미지의 세계로

둘만이
느낄 수 있고
누릴 수 있는 공간이
파라다이스다.

어울림의 미학

우리가 살아가면서
서로를 위하며
어울림으로 살아갑니다

이 세상에
독불장군은 살아남지 못한다는 것을
잊어서는 안 됩니다

우연이든 필연이든
숙명이든 만남의 이유는
분명히 있을 것입니다

하물며
자연도 바람 불며
낙엽끼리 터치를 하면서
사랑합니다

자연과 인간은 나란히 공존하며
둘이서 살아남아야만 됩니다

서로를 위하고 아끼는 맘에
연민의 정 아가페 사랑입니다

자연에서
가을이며 예쁜 색깔로 곱게 물들여
우리 앞에 다가와 웃음과 좋은 물질을
내 품어 준다는 점에서 감사가 있습니다

우리와 인사를 나누고
내년을 기약하며
안녕이라 말하지만

지금도
현재도
계속 진행 중입니다.

눈 속의 배려

하얗게 내려 주는 순백의 자연은
아름답고 장관이다

좋은 곳
나쁜 곳
구별 없는 세상이 너무 멋지고
사랑스럽다

너의 무게에 못 견디어
힘없는 이들도 있다

부탁하노라
너의 배려로 우리 눈이 즐겁고
옛 추억에 잠길 정도며 충분하다

깨끗하고 하얀 너의 세상이
더욱더 눈부시다

이미 옛 추억을 더듬어
너도나도 동심의 세계가 되어
잊지 못할
그날로 돌아간다.

그녀의 미소

그녀의 미소는 참 예뻤다

언제나 환한 웃음으로
무리 속에 꽃이다

너의 성품이 그런가 보다

부드러운 너의 입술에
푸르게 귓속으로 속삭인다

너를 만나면
우리 모두 괴로움
외로움의 바이러스

봄이 되면
벌과 나비 춤추는 곳에 미소 담은
사랑의 꽃이여!

기다림은 행복이라

봄비 속에

안개로 덮여 보이는 것도

생각도

미로 속에 헤매는 듯하도다

아니야

아니야

힘을 내어라

넌 예쁜 꽃이고 사랑이란다

길가에 핀

이름 모를 꽃 한 송이가

오히려 특별함이다

다시 정답을 알 기회는

언젠가 다가온다

상대방 속임수에 넘어가

너의 영혼을 어둠 속으로

더 머물지 말며 다른 세상을 바라보자

일어난 일들이
내 탓으로다는 아니다

하늘의 뜻에
분명한 명답이 돌아올 것이다

기다림은 미학이며
행복이다

그냥 큰 소리 내어
웃어나 보자

그보다 더 큰 사랑과 행복은
이미 너의 내면에 있으니까

너의 솔직한 마음에서
평화로 다가온다.

마음

마음
흔드는 숨결
짙게 드러낸 사랑에 묻힌 삶

소소함에 몸부림치는 여운은
향기롭게
맘속을 밝혀주는 이야기로
기쁨을 채운다.

입춘

봄을 알리는 입춘

조용한 마음에
사랑 한 줌 던져주고
홀연히 떠나가는
겨울 이야기

파아란 하늘
부드러운 햇살에
아름다운 인연만 쌓았구나

조금씩
내미는 풀잎 따라
내 마음 자연스럽게
사랑으로 샘솟네.

길동무

하늘에 떠 있는 달과 별은
나와 함께하는 친구라

좋은 곳으로
더 높은 곳을 향하는 밝은 빛은
나를 더 높이네

그 어느 곳에 오는 그 사랑도
나를 더 높은 곳에 앉기를 원하는
나의 길동무가 되리라

당신의 마음 2

당신은 나를 위해
무엇을 하나요

하물며 자연도 아무 말 없이
좋은 것으로 만족하게 하고
작은 풀잎 하나도
꽃 피우려고 노력하는 그 마음이
참 가련해 보여요

당신이 올 때는
무슨 마음으로 왔던가요

당신은 알지 못하는가요
보고도 모른 척하는가요
알 수 없는 당신의 마음

나를 향한
사랑과 행복을 가져다준 적이
있는가요 없는가요

사랑은 내가 줄 수 있지만
선택은 당신이 할 수 있어요.

만남과 이별

당신이 홀연히 떠나가며
나는 어찌하리오

당신이 떠난 후
행복과 사랑은
나의 아픔이라 말하리오

만남과 이별이 주는 행복과 아픔
누구를 탓하리오

이별은
새로운 만남의 알림을 알리는
시작이라오.

모래성

마음 흔드는 숨결
자세를 좀 낮추어 봅니다

바다에 모래성을 쌓듯이
노을처럼 물들어가는 사랑은
익어 갑니다

그리울 때
불러보는 그 사랑
아름다운 메아리 되어 돌아옵니다

소소함에 물들어 몸부림치는 여운은
향기롭게 밝혀주는 보배로운 가치
기쁨의 이야기 채움 합니다.

청령포

하늘 아래 청령포
산새 좋고 물 맑음이라

이 모든 것이
나에게는 무슨 소용이 있으랴

권력과 명예로
비운의 왕(단종)의 유배지

밤이 되면 달을 보고
슬픔을 노래로 달래고
낮이 되며 새와 쥐들과
대화를 나누었으리

슬프디슬픈 역사 아래
나의 운명이 왜 이러하리
그 아름다운 절경 속에 멍하니
단종의 애환이 들리는 듯하도다

세월이 약이라 했던가
지난날 무심하던 온갖 세상이 눈부셔라

크게 터 자리 잡고
유유히 흐르는 강줄기
한 새벽바람을 타고
하늘을 길러내어 나는 두루미여!

우리 사랑

우연한 만남으로 서로 사랑하나
이별을 선언한 듯
다른 곳으로 바라봅니다

마음도 하나요
사랑도 하나입니다

그 사랑에 충실함이여!

때로는
그리움이 슬픔 되어
기다림에 애타 하지만
너와 나의 사랑은
우리들의 자화상이
되어 버렸습니다.

마음의 창

눈은 마음의 창이라
했습니다

아름다운 눈과
온화한 성품을 지닌 소유자는
이미 좋은 사람을 알아봅니다

고로
우리 모두의 사랑은
밝은 빛을 바라보는
출발점에 서 있을 것입니다.

동심

눈이 내리는 날
옛 추억에 잠겨 본다

그날은 하얀 눈 위에서
너도나도 눈 뭉치어
서로를 향해 던지며
온 동네에 웃음소리로
시끄럽게도 했었다

하얀 눈은
우리의 즐거움으로
기쁨 되어 정신 혼을
놓기도 한다

그날의 눈은 우리의 놀잇감이요
장난감이었다

이 땅을 떠나는 날까지
이보다 행복한 일이 또 있을까

추억의 동심 세계가 떠 올라

어느새 그때로 돌아가

내 마음은

이미 그곳에 머물고

있는 듯하다.

아가페 사랑

순수는
맑은 영혼의 빛이여

관심과 배려 눈물

모두가
아가페 사랑이었습니다.

나만의 색깔

소설도
추운 걸 싫어 하나
소한도 얼리지 못 한 비우

수수한 나의 멋에
질투를 유발한다

중후한 나만의 색깔에 방해하듯
종일 내리고 있다

어디엔가 침묵 속에
강에서 흐느끼는 정을 그리며
단순히 삶의 즐거움과
기쁨을 느낄 뿐이다.

제목 : 나만의 색깔
시낭송 : 정연희
스마트폰으로 QR 코드를 스캔하면
시낭송을 감상할 수 있습니다.

10시 10분 커피 한 잔

열 시 십분
아직 한밤은 아니라
커피 한잔할까

정수기 뜨거운 물
흰잔 갈색 머그잔에
커피 갈색으로 멍들어 버린
중년의 외로움

창문 너머 도시는
불빛이 꺼지지 않고

어디선지
낙엽이 바람에 굴러가는 소리에
가슴이 뜨거워지네.

사랑을 다시 시작합니다

꽃들아 나무야
스스로 자기값을
계산 해 보자

연초록 새순 나올 때
세상 모든 것 위에 군림하던
장미꽃 필 때

한여름 뜨거운 태양 볕에
진초록 나무 시원한
그늘에 누워 노래나 부를 때
계산 없이 즐겨보자

산길마다 들국화 피고
든든하고 야무진 너희를 볼 때면
소망의 열매들 모두 익는 소리

온 식구 만나는 날에
서로 사랑을 다시 시작하자.

제목 : 사랑을 다시 시작합니다
시낭송 : 정연희
스마트폰으로 QR 코드를 스캔하면
시낭송을 감상할 수 있습니다.

아드린느의 발라드

리차드 클레이드만은
피아노를 칩니다

이 음악은 결혼식 배경 음악으로
흘러나오는 음악이었습니다

하얀 드레스, 하얀 장갑
핑크, 하얀 장미 부케 들고
만감이 교차하는 가운데
흰 장갑을 낀 아빠의
눈물을 보았습니다

아직도 내 눈에 선한
그 모습은 잊히지 않습니다

큰아빠의 배에서 내려
단둘이 마주 보며
작은 배에 오릅니다

사랑의 마지막
아드린느의 발라드는
사람들 사랑에 식지 않습니다

오월이 오면
핑크 흰 장미
나의 거실에 가득 채워
향기로 피어납니다.

행복 2

행복이란
자신에게 주어진 일에
최선을 다하며

구속이 아닌
자유를 만끽하며
누리는 것이다.

봄을 기다립니다

이른 새벽에
그대가 날 깨우네

아름답구나
사랑스러운 향기
나의 거실에 가득

가을이 가고
겨울이 오네

오!
잊었던 따뜻한 봄을
기다리네

사랑스러운
그날에는 새로운 싹이
생명으로 살아나네.

우리 가을

모두는 모이고
모두는 떠나고
익는 것은 익고
떨어질 것은 떨어지네

곧 잠자리 펴면
돌담 쌓던 서로는
어느 한 쪽이 먼저 잠드네

언 땅에서 작설 같은
새순 나와
아름다운 꽃 피워
만남으로 열매 얻어
빨갛게 익어가네

우리들의 가을에는
둘이 손잡고 왔다가
하나가 되었네

먼저인지 나중인지
웃으며 가네
웃으며 보내네.

추억

겨울은
옛 추억을
담아 놓은

담김의
그릇이니라.

영원한 사랑

진정한 행복은
남의 눈을 의식하는
것이 아니라
내가 좋아하는 것을
마음껏 누리며 즐기는 것이라

신이 우리에게
다시 한번 새로운
삶의 기회를 준다면

나의 삶이
또 다른 세계가 펼쳐질 것이라

너에게 묻고 싶다

다시 한번 시작하는 사랑이면
어느 누구겠니?

오직 한 사람을 위한
지고지순한 사랑이라

그 사랑이 무르익어

뜨거운 열정으로

너와 나의

사랑은 영원 속에 머물 것이라.

순수한 사랑

당신이 던져준 그 말 한마디가
예사롭게 던진 말이 아닙니다

무지개를 바라보며
그 아름다움에 반하여 가슴 뛰며
마냥 어린애처럼 그런 느낌으로
마음에 다가옵니다

당신의 무뚝뚝함 속에
깊은 정이 묻어나는 것을 발견하며
말없이 나를 지켜보고 있는 사람

나의 그 느낌으로 몰입하여
내게는 아주 소중한 일이며
아주 중요한 뜻이라 생각합니다

순수에서
착한 당신의 고백으로부터
당신의 사랑이 어디론가
사라져 버린다면

날개 잃은 새처럼
그 자리에 앉아
울고 말 것입니다.

낙엽

임이 그리워 울다가 지치면
내 설움은 옛날을 버리고
낙엽이 되네

슬퍼 마세
즐거움만 바라보세

사랑에는 아무 이유 없네

임의 날개 아래 있음이
행복인 것을
임의 모습 그리우며
낙엽은 임 앞에 불태우네.

그 어느 가을날

나는 떠난다
혼자만이 누릴 수 있는
작은 공간이라도 괜찮아

그곳이 나의 쉼터가 될 것이고
행복의 공간으로 충분할 것이다

계곡물이 흐르고
그 곁에 이름 모를 들꽃들과 친구 되어
나 그곳에서 쉬고 싶다

떨어진 낙엽 한 장 주워
책갈피에 넣고 메마르면
지금의 외로움과 고독이
지난날의 추억이 될 것이다.

마이카

나의 차는 지금도
달린다

어느새 나도 모르게
당신을 향해
나의 차는 달린다

뭐가 그리 성급한지
나도 모르게
나의 마음은 조급해져
마이카는 쉼 없이 달리고 있다

당신을 만나러 가는
그 길은
아무도 모르게
내 마음의 환상에 날개를 달고
어느새 마이카의 속도는
완전 과속이다

그곳이 어디인지
누구를 향하여 달려가는지
마이카의 속도는 과하다

다만 달려갈 수 있는 그곳까지
마이카는
오늘도 멈추지 않고 달려가고 있다.

장미와 안개꽃

당신은 장미!

난 오다가다
꽃집 앞을 지나노라면
그냥 지나치지 못한다

그 많은 꽃이 자기만의 특색을 살리며
꽃 사세요
꽃을 사세요 라고 말하는 듯하다

그중에 항상 눈에 띄는 것이 장미다
장미꽃 외에는 눈길을 주지 않는다

장미꽃의 열정과 정열이
얼마나 아름다운가!

난 장미가 좋다
그 향기에 취해 꽃 속에 얼굴을 묻고
장미 향기에 취한다

장미와 함께
난 그대에게 안개꽃을
한 아름 선사하리다

장미를 돋보이게 하는 안개꽃
장미의 정열과 어우러져
그 아름다움을 더하게 하는
꽃은 안개꽃이다

너로 더불어 장미가
아름다울 수 있다면
장미를 위해 스스로
안개꽃이 되리라.

인생이란

인생 살아가는 길은
새옹지마라 했습니다

태어날 때도 혼자
떠날 때도 혼자서
가야만 합니다

오늘 하루
저마다 서로 다른 일상이
주어집니다

각자 살아가는
방식이 다르듯 성격 또한
다릅니다

각자의 인생 기준이
가벼운 짐과
무거운 짐이 나누어집니다

편안한 인생은
좋은 마음을 갖고
살아갑니다

풍요롭고 행복한 인생을
바라보며 살아가시길
원합니다.

장미와 별

내 마음의 문을 열고
작은 사랑을 부릅니다

사랑이란
우연의 일치인지 아닌지는
잘 모르는 일입니다

만남과 이별도
예측할 수 없는 관계가
일상의 삶 속에서
흔히 일어나기도 한답니다

하지만
작은 사랑을 불러 봅니다
우리가 알고 있는
작은 믿음과 가슴으로
따뜻하게 전해 오는
그런 사랑이랍니다

그냥 작은 것으로
사랑은 시작되지만
어느 때는
화려한 장미꽃 향기와도 같으며
하늘에 떠 있는 별과 같이
빛이 될 수 있는 것이
우리들의 사랑입니다

내 마음의 문을 활짝 열어
모두를 다 잡고 싶은
사랑의 욕심쟁이가 되고 싶습니다.

첫사랑

이 세상 사람 가운데
사랑을 안 해 본 사람은
한 사람도 없을 것입니다

첫사랑은 태어나서
제일 처음 하는 사랑입니다

설렘과 기다림은
아마도 사랑 중에
으뜸이기도 합니다

누구나 마찬가지이듯
세월 따라 잊혀질 일이지만
그때 일어난 둘만의
그 오묘한 사랑의 깊이를
알 수 없습니다

보고프고 궁금하고
하늘에 있는 작은 별도
따 줄 것처럼
유치한 이야기도 오고 갑니다

둘만이 느낄 수 있고
볼 수 있는 감정은
아름다운 것으로
우리를 행복하게 합니다.

밤하늘의 별

밤하늘의 별들이
당신의 사랑이었다면
이곳에의 그리움과 고독은
나였습니다

당신을 위해 하늘 아래
어디에 있든지
당신을 향한 사랑이었습니다

그대를 향한 그리움을
간직해 온 날 위해
어느 곳에 있든지

기다림 속에
밤하늘에 별들이
당신의 사랑이었습니다.

가을 여자

고요한 별밤
수많은 별 가운데
그대 별을 찾는다

서로 만나 하나 되자고
옛 이야기하며
밤을 새운다

가을 사랑은
온산을 불타게 놔두고
떠나간다

외로워도 슬퍼 마라
가을여자여!

비 오는 날

나에게 비는
슬픈 이별이었기에 싫습니다

아마도 인연이 아니었는지
아직도
그때에 일어난 일들을
이해할 수가 없습니다

이별의 연습도 없이
떠나보내는 그 심정은
이루 말할 수 없이 가슴앓이로
그만 자리에 눕게 되어 버렸습니다

예고 없이 숨어 버리며
떠나는 너의 모습에서
어찌할 바를 모르고
황당함으로 떠나야만 하는
그날도 비가 많이 내리는 날이었습니다

지난 아픔 속에 추억들이
가끔씩 떠올라
그날을 회상해 보는 날들이 일어납니다

그 시절에 일어났던 모든 일들 속에
아픔으로 힘들었지만
그 속에 더 큰 의미를 부여 해 주었고
그 공백 기간으로
나의 삶 속에 결과는 좋았습니다

지금도
비 내리는 날은
무섭고 싫어하는 날이 되어 버렸습니다.

오솔길

고요한 그리움의 별밤
서로 만나 하나가 됩니다

너의 별과 나의 별이
정겨운 사랑 이야기로
밤을 새웁니다

가을사랑 하나 되어
환희로 만나니
둘만이 걸어갑니다

작은 오솔길
하나로 된 소망으로
우리 노래 넘치며
꿈과 희망도
우리와 동행합니다.

나 하나의 사랑

그 사랑이 그리움이고
기다림 일지라도
나는 좋아
내 하나의 사랑이라서

그 사랑이 아픔이고
슬픔 일지라도
나는 좋아
내 하나의 사랑이라서

하지만 이 세상에
네가 없다면
아무런 의미가 없다는 것을....

가을 여인

햇살은 따근따근
바람은 산들산들
불어옵니다

과수원에 능금이 익어가며
나를 오라 합니다

가을을 만나고 싶어
가까운 산으로 음악과 함께
떠납니다

계절의 입김이 묻은 나뭇잎
예쁜 것만 골라옵니다

가을 냄새는 이미 코끝으로
곱게 물든 잎사귀 책 속 넣어
간직하렵니다

낙엽 사이에 나를 놓고
외로움을 달래며
그리운 약속을 기다립니다.

먹구름

어제 내린 폭우로
한바탕 요동을 치더니
하늘은 온통
먹구름으로 뒤덮었다

아직도 미련이 있는가보다

테라스에 앉아
정원의 가로등 불빛 아래
음악은 흐르고
나의 마음 애써 감추어 보지만

눈물이 인사인 것처럼
흘러내린다

나의 마음을 아는지 모르는지
오늘로써 막은 내린다.

가을사랑 노래

아득히 푸른 하늘에
뭉게구름은
가을을 노래합니다

봄부터
세상 돌다 돌다 지쳤나
꿈속으로 헤맵니다

길가에 살살이 꽃 언덕
가을을 뜨겁게 사랑합니다

돌아온 그대
넓은 가슴 뜨거운 힘
생명을 잉태합니다

내 사랑이여
꽃 자방 안에서
평화를 꿈꾸며
사랑의 노래를 부릅니다.

고독한 밤

보고파서
그리워서
나는 어찌할거나

어디서 무얼 하시나
저린 가슴
저만치 멀어진 임아

어쩌나
어찌할거나
고독한 밤에

보고파도
그리워도
머나먼 그대

부엉이 우는 소리에
나도 운다네.

사랑의 노래

깊은 밤 혼자랍니다
동굴 속처럼
어둡습니다

감아야 보이는
나만의 꽃들이여

장마는 가고
태풍은 동쪽으로
바다를 재우고

하얀 모래밭에
맨몸으로 뒹구는 파도

해를 바라보는 꽃
달을 맞이하는 꽃

밤하늘에 저 수많은 별은
자기 짝을 찾아
반짝입니다

혼자 사랑할 수는
없습니다

임이여!
나의 사랑이여
이 밤이 가기 전에
사랑의 노래를 들려주길....

소낙비

검은 하늘에
구름이 요동친다

대낮에 삼키어버린 태양
초록 바다에
붉은 장대비가 내린다

가슴을 찢고 통곡한다

나는 살아야 한다
천둥 번개라도 이겨야 한다

영혼에 살찌우듯
꽃을 피우고 사랑하련다.

순수를 위하여 가네

파란 하늘에
하얀 뭉게구름으로
차곡차곡 집을 짓는다

보드라운 살냄새
꽃들은 스스로
알록달록 나비 따라 춤을 춘다

꽃향기 바람 따라
뜨겁게 입 맞춘다
그때 나는 바보가 되어
예쁜 꽃향기에 눈이 멀었다

꽃도 나비도
이른 봄부터 기다렸으니
나무는 초록으로 단장하고

나비들은 세레나데를
부르며 꽃 속에
하얀 은빛 진주를 심는다.

봉숭아

어릴 적 비 오는 날
할머니랑 봉숭아꽃 모종을 옮겨 심었다

할머니도 애들처럼
봉숭아꽃을 좋아하셨나보다

나란히 열 손가락 손녀딸 손톱 위에
붉은 꽃잎 명주실로 칭칭 감아 한밤 재우니
저녁노을처럼
빨갛게 예쁘게도 꽃물이 든다

풀릴까 봐 불안한 할머니
내 얼굴 꼬집으시고
"풀린다" 조심하라 하시던 그 말이
지금에서야 정겨운 여름날에
추억이 되어 버렸다

주름진 작은 얼굴
하얗게 웃으시던 그리운 나의 할머니
보고 싶어진다.

그녀의 미소

그녀의 미소는 참 예뻤다

언제나 환한 웃음으로
무리 속에 꽃이다

부드러운 너의 입술에
푸르게 귓속으로 속삭인다

너를 만나면
우리 모두 행복의 바이러스

봄이 되면 벌과 나비 춤추는 곳에
미소 담은 사랑의 꽃이여!

검은 비 오는 밤

거미는
어두운 한밤을 얼기설기 줄을 뽑아
틈새 틈새 걸어놓고

왜 저리 슬플까
풀벌레 슬픈 사연
방울방울 나뭇잎에 비에 젖네

비가 내리는 밤
외로움에 지친 하늘은
검은 우산을 쓰네

달도 별도 어디로 갔나
남모를 사연에 혼자서 몰래 우네

검은 비 오는 밤
행여나 그대 오실까 봐
아득한 보금자리 짓고 있네.

비 오는 날의 커피

칠월의 나무들은 장맛비로
갈증을 해소한다

주룩주룩 창밖에
비가 내린다

정원에 푸른 나무는
온몸으로 비를 마신다

밤을 휘젔다 지친 울음 앞에
뜨거운 커피 한잔 놓여 있다

비를 맞으며 춤을 추는 그림자
어디서 부를 것 같은
임의 목소리

창밖에 비는 내리고
외로운 여자는 갈색 커피를 마신다.

꿀벌들의 이야기

오!

사랑스러운

너는 어디서 날아왔느냐

단 한 번의 만남이라도

아쉬움 없이 다 주리니

멀리서 들려오는

아름다운 고백

달디 단 사랑에 울림이 들린다

꿀에 대하여

벌에 대하여

오! 사랑을 받고 주는

영원의 꽃밭에

꿀벌은 함께 사랑을 노래한다.

6월의 장미

오월을 지나 유월 아침
일찍 깨우지 마소서
유월의 장미는
온 밤을 사랑해 지쳤답니다

불타는 입술
가버린 뜨거운 정
잊지 못합니다

임아!
예쁜 장미 꺾지 마시고
송두리째 가슴에 품고서
담장 아래 하얀 모래밭
보금자리 마련 해 주면

해마다 오월에는
임의 침실 가득 로즈 향기로
채워 드리겠습니다.

내 사랑 장미

오! 사랑아
너 참 아름다워라
푸른 잔디 노랑나비
춤추듯 오네

너는 너무 곱구나
송홧가루 날리는
솔밭 사이 나비
내게로 오네

붉은 사랑의 장미
이슬에 젖은 고운 입술
사랑으로 마술을 안으니

빛나는 아침
부드러운 바람
오!
내 장미는 사랑의
아침을 노래하네.

고백

가만히 있으면
저 멀리서 전해오는
당신의 고백은
한편으로 떨림이며
뜨거운 눈물입니다

서로가 알고 싶어 하는
그 사랑이
너무나 간절하여
그리움은 기다림이
전부였습니다

서로가 불타오르는
사랑의 고백
그대의 눈물에 이유를
너무나 잘 알고 있기에

웃음 뒤에 감추어진 비밀
사랑 이야기는
바로 누구였는지
나는 압니다.

그리움의 시작

안개 자욱한
이른 아침 샛강 따라
뚝방길

맑은 마음 혼자되어
누군가와 조근 조근
얘기하며 걷고 싶네

그리움의 시작은
언제부터 였나요
마음은 더 가까이 가더니

닿을 듯 말듯
간절한 마음으로 간절함으로
속마음이 뜨거워지네

뭐가 그리운가
풀벌레들은
새벽길 목청 높여
노래 부르네.

봄을 기다리는 연인

진달래꽃이 온산을 붉게 물들이면
산새 들새 모두 모여 노래하네

산 넘어 우리 님 오시는 날
예쁜 옷 곱게 차려입고
꽃구경 가고파 기다리네

꾸러기 꽃샘바람은
이산 저산 심술부려
기다리는 우리 맘
아프게 하네

봄이 오면 따뜻한 햇볕
가지마다 꽃잎마다
꽃사슴도 님 그리워 목이 마르네

진달래꽃 예쁜 님도 언제 오시려나
꽃피고 지고 나면
우리 님 울고 간다네.

망부석

훌훌이 구름처럼
떠나간 당신이 그립습니다

당신의 사랑을
해바라기 하며 지난
한 해였습니다

비가 오는 밤에도 달맞이꽃처럼
당신의 따뜻한 가슴을
그리워했습니다

골목마다
하얀 목련 피는 날
서낭당 고갯길
진달래꽃 휘드러지게 피는 날
오시려나요

오늘도
당신이 그리워
망부석이 됩니다.

그 사랑

언제나 습관처럼
그곳을 찾는 버릇이
되어 버렸습니다

나 혼자만이
누릴 수 있는 최상의 공간임을
너무나 잘 알고 있기에
그곳에는 우연히 찾아온
그 사랑을 바라볼 수 있어
참 좋습니다

오며 가며 만나는 사람들이 있지만
유난히 특별함으로 다가오는
그 사람이 있을 것입니다

가끔씩 떠오르는 날들이 그리워
기다림이 되는 날이 되기도 합니다.

내 마음 나도 모르게

날마다 앞산을
바라보며 깊은 생각에
잠길 때가 있다

한동안 마음속에
있는 어두운 그림자가
나의 운명인 것처럼
가슴 저리고 눈물겹도록
황당한 일들이 벌어졌다

가끔씩 전해 오는 안부에
잘 지내고 있는지
물어보는 인사에
대충 얼버무리며 넘어 가버린다

또 다른 내일은 있으니까

어느새 생각이 바뀌어
누군가를 향하여
내 마음 나도 모르게
그를 향해 가고 있다

그곳은 지치고
힘들 때 바라보며
나만이 누릴 수 있는
기쁨이다

우연히 라는 만남 속에
사랑과 행복을 위하여
다시 한번 바라보련다.

감사

그 어느 날
우연히 찾아온 그 사랑이
내 마음속에 앉았다

마음속으로 불러보고
그 얼굴을 떠올려보며
가끔씩 나 혼자만이
행복에 젖어 본다

그 속에 무엇을
채우려는지
아무도 모를 일이다

그냥 더 솔직 하자면
현재의 이 사랑에
충실하여 감사로 받아들이련다.

바램

우연히 길을 가다
이름 모를 꽃이라도
내 마음에 들어왔으며
나 참 좋겠네

멈추어선 이곳이
내 자리가 아니더라도
근심 걱정 모두 다 털어
바람결에 다 날려 버리고

그 언젠가
나 또한 아름답게 피었다가
떨어지는 꽃이 아니었던가

이 순간이 내 평안이고
나의 행복이 머무는 자리였으며 하는
소망을 담아 띄워 보내네.

연인

오늘은 사랑하기 좋은 날

모든 시험 내려놓고
다정하게 두 손 잡고
거닐고 싶습니다

벚꽃 향기 벗 삼아
노래 부르며 춤추는 곳에
사랑 이야기로
꽃은 피어납니다.

가을날의 눈물

가을 하늘아 고맙다
아름다운
단풍잎도 고맙다

하나둘
바람결에 떨어지는
낙엽 소리는 슬프다

흘러가는
인생을 보는 듯
허전하고 공허함이 밀려와
어느새 눈물이 흐른다.

행복의 조건

행복이란
생각의 차이로
하루가 어긋나기도 한다

그것이
우리 인간의 욕심
과욕에서 불러일으킨다

어렵지도 않은 것을
복잡한 생각을 하게 한다

어느 곳을 가든지
자연이 있고
자유롭게 떠다니는 뭉게구름처럼

하루를 주심에 감사하며
마음속에는
언제나 기쁨이 충만하여
감사를 느낀다

이곳이 최상의 낙원이며
우리들의 꿈과 희망을 넣고 다니며
가슴으로 느끼며 뜨거움으로
다가온다.

사랑이 머무는 곳

사랑이란
그냥 마음이 이끄는 그곳에
언제나 따뜻한 사랑이
머물고 있습니다

한결같은 그 모습으로
변함없이 그 자리를 지켜 주는 것이
사랑이었습니다

가끔씩 생각나
서로의 안부를 주고받는 그 소통이
우리를 향한 사랑으로
확인이 되어 버린다는 것입니다

사랑이 머무는 그곳에
비밀은 저 멀리 보내고
허물없는 그 속에
어느새 사랑의 꽃은 피고
있습니다

우리에게 때로는
고독함과 외로움이
마음속에 그려져
연민의 정으로 가슴을 적시며

어느새
새롭게 발견되는 정이라는 것이
우리 앞에 다가오고 있습니다

사랑이란 변하지 않고
늘 한 곳을 바라보며
기쁨은 함께 누리고
슬픔과 모자람을 채워가는 그곳이
사랑이 머무는 곳이
아닌가 싶습니다.

흔들리는 사랑

그 언젠가
다가온 그 사랑이
바람결에 흩어지는
갈대 같은 사랑이었나

아니야 아니었어
내 가슴에 남겨둔
소중한 사랑이었네

그 사랑이여 말하라
흘러가는 바람처럼
강물처럼
너와 나의 인생 앞에
슬픈 사랑만은 아니겠지.

침묵 속의 그 사랑

침묵으로 일변하는 그 사랑과
당신의 뜻과 사랑은 난 몰라
아무것도 몰라

다만 내가 알 수 있고
내가 할 수 있는 건
내가 먼저 손길을 뻗을 수만 있다면
침묵 일지라도
빛과 바람의 속도처럼
그 사랑이 흐르고 있음을
둘만이 알고 있는 분명한 사실이다

온 몸으로 사랑을 노래하며
바람 속에 낙엽처럼 춤을 추며
그 언제 어디에나 존재한다면
한마음의 준비가 되어
이보다 더 큰 사랑이 덮치며
그 뒤에는 말하고 싶지 않은
먼 여행길에 오를 것이다

그 후에는
아무도 모를 일이다.

그 사랑이 너였다.

살짝이옵소에
하는 그 사랑이
살며시 얼굴을 내밀며
내 앞에 다가왔다

가끔씩 궁금증과
보고 싶다는 이유로
생각만 하다가
어느새 눈물이 고인다

내 마음은 그랬다
그냥 마음속으로
이름 한번 불러 보는 그것이
너의 사랑이었고
나의 바람이었다

너 그것 알고 있니
사랑은 어느 누구도
강요하지 않고
마음의 자유를 찾아 떠나는 것

먼 훗날
우리의 사랑도
바다처럼 강물처럼
더 큰 사랑이 너였기에
지금도 내 마음은 흔들린다.

사랑은 눈물이라

그대가 나에게 전하는 말
날 사랑해요
난 당신을 사랑합니다

이 말은 언제 들어도
감미롭고 달콤하였지요
중요한 건 당신이 너무도
사랑스러웠습니다

서로서로 알고 있는 존재외에
더한 큰 사랑이라며
사랑한다 말 하지 말아주셔요

당신의 고백으로부터
난 좋아라 설레이다
그 뒤엔
내 마음의 아픔입니다

서로가 알고 싶어 하는
그 사랑의 고백에 나오는
그 눈물에 의미를
너무나 잘 알고 있기에...

난 알아요
사랑하는 당신의 고백과 진심
너무도 간절한 그 사랑이
나였습니다.

꿈꾸는 별

강자앤 시집

2020년 9월 11일 초판 1쇄
2020년 9월 15일 발행
지 은 이 : 강자앤
펴 낸 이 : 김락호
디자인 편집 : 이은희
기 획 : 시사랑음악사랑
연 락 처 : 1899-1341
홈페이지 주소 : www.poemmusic.net
E-Mail : poemarts@hanmail.net

정가 : 15,000원

ISBN : 979-11-6284-228-7